나를 찾아가다

# 나를 찾아가다

이태수 시집

문학세계사

열아홉 번째 시집을 묶는다.
마음을 낮게 낮게 가져가려 하면서도
침묵으로 되돌아가는 말들을
애써 붙들어 앉히려 했는지도 모른다.
마음은 여전히 정처가 없다.

2022년 9월
이태수

□ 차례

# I

그가 나를 부르지만 _____ 12

덧없이 _____ 14

자책 _____ 16

머나먼 꿈길 _____ 18

홀로 가듯 말 듯 _____ 19

고독과 더불어 _____ 20

고요 _____ 21

칩거하다가 _____ 22

새장 안의 새 _____ 24

옥빛 속으로 _____ 25

풀잎 하나로 _____ 26

점 또는 티끌 _____ 27

아침 전갈 _____ 28

좌정坐定 _____ 29

저물녘 _____ 30

내 안의 그대 _____ 31

말 없는 말 _____ 32

나를 부르다 _____ 33

트라우마 _____ 34

# Ⅱ

산중에 깃들다 _____ 38

산골 물소리 1 _____ 40

산골 물소리 2 _____ 42

법당 연못 _____ 43

은해사 솔숲 _____ 44

오어사에서 _____ 46

마지막 날이듯 _____ 47

일장춘몽一場春夢 _____ 48

단비 맞으며 _____ 50

만남과 이별 _____ 52

어떤 전별餞別 _____ 54

여우비처럼 _____ 56

현대판 곡비哭婢 _____ 57

세상일 _____ 58

아쉬움 _____ 59

고백 _____ 60

되돌아보다 _____ 61

가을밤 _____ 62

고탑古塔 앞에서 _____ 63

# III

새봄을 기다리며 _____ 66

눈새기꽃 _____ 67

노루귀꽃 _____ 68

수선화 _____ 69

찬사와 화답 _____ 70

찰나 _____ 71

자목련 지다 _____ 72

꽃비 _____ 74

옛 생각 _____ 75

바이올렛꽃 _____ 76

봄 뜨락 _____ 77

배꽃 지는 밤 _____ 78

어느 봄밤 _____ 79

채송화를 보며 _____ 80

금은화 _____ 81

때죽나무 아래서 _____ 82

등나무 그늘 _____ 84

좀작살나무꽃 _____ 85

구절초 _____ 86

# IV

나릿물 _____ 90

윤슬 _____ 92

그루잠──93

다솜──94

슬아──96

뻠어 보다 _____ 97

해맞이 _____ 98

부활 _____ 99

버드내에서 _____ 100

조약돌 하나 _____ 102

묵뫼 _____ 103

빗방울 전주곡 _____ 104

기러기의 행차 _____ 106

거듭나기 _____ 107

독도 _____ 108

울릉도 향나무 _____ 109

봄마을 _____ 110

봄비 _____ 111


| 해설 | 이진엽(시인, 문학평론가)
삶의 흔들림과 자아 찾기의 꿈 _____ 113

*I*

## 그가 나를 부르지만

호수에 내려온 달이 나를 쳐다본다
나는 그 달을 들여다본다
등 뒤에서 누가 나를 부른다
뒤돌아보지 않아도 그가 누구인지,
왜 나를 부르는지 알고 있다

돌아보면 그가 안 보이고
부르던 소리도 들리지 않는다
내가 밤하늘에 뜬 달을 올려다보면
달이 나를 내려다보고 있다

그가 달에 깃들어 버렸는지
별과 함께 나를 들여다보고 있는지
꿈속에서도 기다리던 그지만
나는 그를 만날 수 없다

호수에 내린 달을 바라보면
그가 등 뒤에서 다시 나를 부르지만
뒤돌아보면 그가 안 보인다

달을 들여다보고 있으면
달이 쳐다보고 그가 또 나를 부른다

## 덧없이

멀리도 온 것 같다
하지만 언제나 제자리걸음 같다
가도 가도 거기가 거기다

반세기에다 스물다섯 해
구부러지고 이지러진 길

돌아보면 그런 무명 길을
속절없이 떠돌고 헤매온 것일까
미망의 꿈결 같다

그러나 나는 오늘도 간다
다시 돌아온 봄날
아지랑이 저 너머로 가보려고
신발 끈을 고쳐 매고
어디로 가는지도 모르고 간다

거기가 거기라고 알아도 간다
꽃이 피고 이내 지고

흐리다 개다가 다시 흐려지는
이 풍진세상 길을
나는 덧없이 오늘도 간다

# 자책

어디서 와서 어디로 가는지,
바람이 분다

회화나무를 올려다보면
잎사귀들이 끊임없이 말을 한다
저희끼리 주고받는 말인지
나를 바라보며 하는 말인지 알 수 없다

그 옆의 계수나무도 한가지다
두 나무 아래 어깨를 겯고 있는
쥐똥나무들 역시 작은 소리로 말한다
들릴 듯 말 듯 저희끼리 하는 말인지
나를 올려다보며 하는 말인지는
알 수 없더라도 귀를 기울인다

이쯤 되면 내가 벽창호는 아닐 텐데도
알아듣지 못하는 말들에게
부끄러워하지 않을 수 있겠는가
내게 스스로 민망해진다

바람이 분다
어디서 와서 어디로 가는지,

# 머나먼 꿈길

만나면 헤어지고 오면 가야 하는
이 세상의 구부러진 길

허망한 꿈과 꿈 사이의 꿈길 같다

꿈을 꾸다가 깨어나면
꿈과 길항하는 날이 밝아온다

간밤의 꿈을 끌어당겨 봐도 부질없다

떠나간 꿈은 돌아오지 않지만
다시 꿈꾸며 걸어간다

또 허방에 이를지라도 가야 한다

왔다가 가서 오지 않는
꿈과 꿈 사이의 꿈길을 떠돈다

# 홀로 가듯 말 듯

잠깐 꿈길에 들었다가 눈을 뜬다
늦은 오후, 유리창 너머
몇 가닥 구름이 서듯 말 듯 간다

꿈결에 처음 만난 천사는
아득한 하늘나라로 돌아갔겠지만
그 찰나가 왜 이리 마음 아리게 하는지

꿈속에서라도 만날 수 있기를 꿈꿔오던
바로 그 천사였기 때문에 그럴까
그 만남이 오히려 아프다

사람을 안 만나려 칩거하는 오늘도
사람이 더 그리워지지만
나를 만나러 홀로 가듯 말 듯 간다

## 고독과 더불어

기약도 없이 빈집에 혼자 있으면
지난날들이 는개처럼 다가온다
다가와서 지금 여기와 한데 어우러진다

길이 거꾸로 다가오다 거두어지거나
다시 다가서서 머물기도 한다
지금의 나를 들여다보게도 한다

고독은 오롯이 고요에 잦아들고
나와 내가 하나로 어우러진다
네가 나와 함께 꿈꾸던 나라로 든다

세상이 끝날 때까지 홀로일 뿐이더라도
봄을 기다리는 겨울나무같이
은밀하게 속으로는 뜨거워진다

## 고요

입을 다물고 귀를 열고 눈을 뜬다

눈앞이 점점 더 흐려지지만

낮게 내려서며 고요를 듣는다

침묵의 심연을 돌아 나오는

고요에 이윽고 아늑하게 감싸인다

## 칩거하다가


창을 열면 바깥바람이 쳐들어온다
보이지도 않게 나를 흔든다

바깥출입 억제하며
언제나 사람과 거리를 두고
창을 닫고 마음도 잠근 채 칩거하니
창문만 열어도 이런 것일까

바깥바람을 두려워하고
사람이 더욱 두려웠던 날들,
창을 열고 한참 흔들리다 좌정하면
보이기보다 안 보이는 것이
왜 그리도 무서웠는지,

이윽고 훤히 들여다보인다
악성 바이러스는 그중 일부였을 뿐
시시각각 목을 옥죄려 들던
보이지도 않는 바람,

그런 바람 같던 사람들과도
맞서려고 마음 일으켜 세워본다

# 새장 안의 새

새장 안의 새가 창살을 쪼아댄다

나는 유리창에 이마를 부딪는다

방에 갇혀 있는 나는

하늘을 날지 못하는 새와

무엇이 어찌 다를까

하늘로 비상하려 고투하는 새를

나는 유리 벽 안에 갇혀 바라본다

# 옥빛 속으로

옥빛 하늘로 새들이 날고 있다
높이 날아오르는 새들의 저 자유분방,

멀리 바라보며 비상하는 새들을 따라
닫혀 있었던 마음을 풀어놓는다
높은 곳에서 멀리 바라보기 위해,

깊은 데도 두루 들여다보기 위해,
분방하게 오르내리고 싶어진다
몸은 여전히 이 지상에 묶여 있더라도

날갯짓하는 마음은 아득한 옥빛 하늘,
하늘의 옥빛 속으로 들고 싶다

## 풀잎 하나로

내가 다가가서 나를 들여다본다
사람들이 붐비는 도회에서,

불화와 불신의 도가니에서
한 점 조그만 티끌처럼 떠돌 뿐인,

어디서나 나를 잃어버리고 마는
내가 나를 찾으려 나선다

인적 없는 산길을 오르며
산이 품어 안은 침묵에 닿으려,

그 비의에 가닿으려는 안간힘으로
나를 만나러 나 홀로 간다

찰나와 영원이 한 몸이 된
이 우주의 작디작은 풀잎 하나로

# 점 또는 티끌

눈을 감고 내가 내 속으로 든다
광대무변의 우주도 더불어 들어온다
이 찰나는 영원과 한 몸이다

눈을 뜨니 나는 작은 점이다
영원을 지나치는 작디작은 티끌이다
그래도 우주는 나를 품어 안는다

## 아침 전갈

이른 아침에 눈을 뜨니
창밖에서 새들이 지저귀고 있다

악몽 속에서 헤매다가 늦잠 잔 탓일까
어서 일어나라는 채근 같고
간밤의 꿈에서 뛰쳐나오라는 전갈 같다

꿈속과는 달리 창밖은 해맑은 아침이다
레테의 강 저 너머 사람과
먼먼 나라로 떠난 사람도 만나고 싶다

꿈같은 생각인 줄 알고 있지만
새들이 그렇게 부추긴다

좌정坐定

바깥을 향한 문에 빗장을 지른다
안으로 향한 문을 찾아 열기 위해
오로지 안으로 아래로 내려가려 한다

입을 닫은 채 귀를 열고 눈을 뜨면서
마음을 붙잡고 고요를 들으려 한다
조신하게 안을 향한 문을 열면서
고요 속에 들어 좌정하고 싶어진다
하염없이 가라앉아 나와 마주 앉아서

밖과 안의 나와 내가 하나 되려 한다
바깥을 향한 문에 빗장을 지른 채
안을 향한 문만 열어놓으려 한다

## 저물녘

산 그리메 가만히 내려온다
어디선가 들려오는 거문고 소리,
그 가락을 타듯, 실리어오듯
점점 가까이 다가온다
앞산도 느릿느릿 걸어온다

낮달이 산마루를 넘어간다
뜨락의 벽오동나무는
커다란 잎들을 떨구고 있다
하늘에는 하나둘 별들이 눈뜨고
새들은 나뭇가지를 떠난다

저물녘 속절없이 서성이던 나도
새들이 둥지로 들듯 대문을 민다
하루는 또 제 길을 가는가 보다

# 내 안의 그대
—하늘에 보물을 쌓아라(마태복음)


내 안에 갇힌 나를, 내 안에 있는 그대를
바깥에서 찾으면서 그토록 헤맨 것일까

나를 찾아 떠돌고, 그대를 찾아 헤매다가
이제야 되돌아와 내 안에 갇힌 나와
내 안에 머무는 그대를 느끼게 되는 걸까

어떤 보물도 지니기보다 하늘에 쌓아야
내 안의 내가 그대와 함께하게 되는 것을,

# 말 없는 말

아무 말을 하지도 않고 말하는

아무 말도 없는 말에 귀를 기울인다

아무 말도 없는 말은 우주의 말이다

한없이 모든 말을 잉태한 채

말하지 않으면서도 끊임없이 말하고

들어도 못 들어도 말없이 말을 한다

오로지 진리를 받들어 말한다

# 나를 부르다

솔바람 소리로 마음 단정하게 빗고
맑게 흘러가는 물에 발을 담근다
이럴 때는 내가 나를 부른다
소나무가 허리 굽혀 들여다보고
그 위의 구름 몇몇도 내려다본다

바람이 불면 바람을 따라가 보고
구름이 떠가면 구름을 따라간다
이럴 땐 나 홀로가 제격이다
아프고 삭막한 날들 불러 모아
마음이 가는 곳으로 풀어 놓는다

내가 부르면 가다가 되돌아오고
와서 다시 저만큼 떠나가지만
내가 내 속으로 잦아들어야
떠돌던 내가 돌아와 머무른다
물소리, 새소리도 환하게 빛난다

# 트라우마

오늘도 내가 나를 찾으며 떠돌았으나
나를 만나지 못했다

해종일 헤매다 집으로 돌아와
빈 술잔을 채우고 비우고 또 채울 뿐
언제부터 내가 나를 잃었는지,
왜 내가 아닌 나밖에 만날 수 없는지
거울 속의 나도 마찬가지이다

이 박탈감은 병일까
오래된 드라우마기 여전하기 때문일까

원래의 내 모습으로 살기 바라는 것은
오랜 꿈이 아니던가

그 꿈은 어김없이 꿈일 따름
왜 이다지 목마르고 애태우게 하는지
술잔 속의 나를 들여다보고,
거울에 비친 내 모습을 바라보면서도

덧나는 상처를 만나야 한다

하지만 내일도 나는
시시포스처럼 나를 찾아 나설 것 같다

## 산중에 깃들다

마을을 벗어난 산골의 구부러진 길
구름 그림자 따라 지향 없이 걷는다

하산하듯 내려오는 솔바람 소리,
지그재그로 나는 멧새들 소리,
돌부리를 스치는 계곡물 소리도 맑다

나를 부르는 것 같아 산길로 접어드니
산문으로 돌아가는 노스님이
주장자 앞세우고 산모롱이를 돌아간다

마을과 점점 멀어질수록 마음 놓인다
간밤의 악몽 때문만 아닌데도
왜 자꾸 사람들이 무서워지는지

가까웠던 사람들이 왜 더 그런 건지
내 탓으로 돌려보니 마음 편해진다

정처 없이, 지향 없이 얼마나 걸었을까

암자가 가까이 보이는 산중엔
솔바람에 간간이 실려 오는 독경 소리

# 산골 물소리 1

숲길이 느바기[1]로 산그늘을 끌고 간다
나도 그 그늘을 따라 걷는다
옷깃을 시나브로 흔드는 바람

돌다리를 건너 점점 깊어지는
산길을 따라 나도 느바기로 걸어간다

바위 사이로 내려가는 물이 맑고 밝다
물속에는 은피리들이 유유히
물소리 따라 유영하고 있는지
안 보이지만 보일 것만 같다
나무 사이로 눈부시게 뛰어내리는 햇살

이 산골짜기 숲길에서 들리는 물소리는
신비스럽고 신성한 선율 같다

은피리가 연주하는 피리 소리는

안 들려도 그지없이 아름답다
멧새들이 가끔 배음을 깔아주기도 한다


1. 느리고 바르고 기쁘게

## 산골 물소리 2

모처럼 깊은 산골짜기에 깃들었다
아무도 없는 외딴집,
섬돌에 앉아 바라보면 산과 산 사이의
먼 하늘이 가슴께로 밀려온다

산골짜기 물소리도 따라온 것일까
눈을 감으면 귓전에 환한 이 소리,

언젠가 한 시인이 매료된 듯
시가 되어 종소리처럼 울린다고 노래한
바로 그 물소리일까
눈뜨니 하늘도 가까이 다가와 있다

## 법당 연못

연꽃 피기를 기다리는 연못에
거꾸로 선 불탑과 구름 한 자락

구름을 붙드는 배롱나무는
물구나무선 채 이따금 몸을 흔들고
잉어들이 줄을 지어 탑돌이를 한다

내가 수면에 비친 나를 들여다보고
수면의 나는 나를 올려다보고 있다
하늘은 그윽이 내려다본다

법당에서 들려오는 염불 소리에
잠 깨듯이 벙그는 연꽃 봉오리

# 은해사 솔숲
—김찬일에게


소나무 사이로 부는 바람이 그윽하다
옷자락뿐 아니라 마음을 흔들어
깨우는 것 같다

은해사 바라보며
느긋하게 깃들어 머무는 솔숲엔
은밀하게 은빛 바다가 춤을 추는 건지

솔잎에 뛰어내리는 햇살이
언젠가 황홀히 바라보던 은어 비늘 같다
마치 은어들이 떼를 지어 파닥이고 있듯
눈감으면 더욱 황홀해진다

한낮에는 햇빛과, 한밤엔 달빛과 함께
쏟아지듯이 내리는 은빛 물결이
춤춘다고 했던가

물결뿐이 아니고

먼바다에서 모여든 은어 떼가
해종일 은비늘을 파닥인다고 했던가

## 오어사에서

오어사 앞 흐르는 시냇물에
물고기 한 마리가 허공으로 튀어 오른다
비늘에 눈부시게 반사되는 빛,
이 우연한 찰나는 천상 복음같이
오래 기다리며 꿈꿔온 은총처럼
누더기 같은 마음에 섬광을 비춘다

하지만 마음을 이내 되돌려 세운다
낮추어야 높아진다는 말을 잠깐
잊었다는 생각이 스치기 때문이다
꿈속의 은총도, 천상 복음도
우연히 오는 것이 아니며 마음을 낮추어야
찾아올 수도 있지 않을는지

나의 물고기는 없는 오어사에서
아주 낮추어 아주 높아진
원효의 화엄을 우러러 되새긴다

# 마지막 날이듯

그 말 한마디가 밤길의 불빛 같다
달도 없고 별도 없는 길을 걷는데
오늘이 마지막 날처럼 깨어 있으라는
누군가의 말이 밤길을 밝힌다

미루려다 나선 길이었지만
오늘이 마지막 날이라면
미루다가 영영 오지 못한 길,
아예 없는 길이 됐을 게 아닌가
그 말을 새기면서 걷다 보면
안 보이던 길이 보이고
가려고 한 곳도 다가온다

홀로 걸어온 밤길을 돌아보면
어둡고 험한 돌부리길, 외진 길이었다
깨어 있어 간신히 올 수 있었듯이
언제나 마지막 날이듯 걸어야겠다

# 일장춘몽一場春夢

고개 부러지듯 뚝뚝 떨어지는
능소화 꽃잎을 바라본다
피어날 때와 질 때가 너무나 다르다

그러나 처참히 지는 게 저들뿐이랴
그저께 뭇사람이 부러워하던 한 지기가
가진 것들 다 둔 채 세상을 떠났다

또 한 지기의 대궐 같던 집이 불타서
처참한 몰골로 바뀌었다
세상사는 일장춘몽 같은 길까

설령 그런 꿈같다고 하더라도
꿈을 꾸지 않을 수 없다
원래 생성의 전제는 소멸이지 않은가

누군가가 내일 세상이 끝난다 해도
오늘은 한 그루의 사과나무를 심겠다고
비장하게 했던 말이 문득 스쳐간다

능소화 꽃잎은 뚝뚝 떨어져 뒹굴지만
우아하게 피어나던 때를
애써 붙들어 앉혀 볼 따름이다

## 단비 맞으며

오래 가문 대지에 단비 내린다
우산을 쓰지 않고 느바기로
바닥이 드러난 저수지 둑길을 걷는다

물안개 거느리는 빗줄기,
온몸이 흠뻑 젖은 채
우산을 접은 사람들과 어울린다

그들도 얼마나 비를 기다렸는지
눈빛을 안 봐도 알 수 있다
이 미의에 감싸인 우주와
자연의 질서를 따라야 한다
차츰씩 올라가는 저수지의 수위,

하늘 우러러 가슴을 쓸어내린다
생기를 되찾은 나무들,
마음속 풀들도 풋풋하다

참고 견디면서 때를 기다려야 한다

때가 오지 않아도 기다리며
겸허하게 하늘을 따라야 한다

## 만남과 이별

그와 영영 헤어지고 돌아오는 길,
며칠 전 유난히 환하던 얼굴이
차창에 어른거린다

병마로 한동안 고전하긴 해도
그 그늘에서는 완전히 벗어났다고
좋아하던 모습도 눈에 선하다

그저께 돌연 세상을 뜨고
오늘 흙으로 돌아가고 있으니
이승과 서승은 지척간이지 않은가
한 치 앞도 모르고 사는 것이
세상 길인 줄 알고 있지만

그와 이별은 어처구니없을 뿐
며칠 전의 언약이 자꾸만 떠올라
허공에 뜬 구름을 올려다본다

그가 일깨워 주듯이

삶과 죽음은 동전의 양면 같고
언제 뒤집힐지도 모르지 않은가

## 어떤 전별餞別

자, 술잔을 다시 높이 들어 보세나
이 자리가 끝나면 우리 언제 만날지

밤이 깊었지만 날 새면
너는 너의 길을, 나는 나의 길을
갈 수밖에 없지 않은가

우리는 가는 길이 너무나 다르므로
길 위에서는 만날 일이 없을 테고

반세기나 소식조차 모르던 우리기
만나자 헤어지는 잔치이지 않은가

기약 없는 만남을 위해 또 한 잔,
술이 부르면 또 몇 잔 더 하자구나

나는 네가 가는 길을,
너는 내가 가는 길을 가지 못하고
그럴 리도 없을 테니

이 밤이 마지막일지라도 가야 하잖니
날 새면 각자도생 안 갈 수 없잖니

# 여우비처럼

까마득히 오래된 옛 친구가
여우비처럼 왔다 갔다

햇볕 쨍쨍한 한여름 한나절
나무 그늘에 홀로 앉아
여우비 전설보다도 더 슬픈
그의 순애보를 떠올린다
그가 가도 남는 뒷모습처럼
선하게 눈앞에 어른댄다

청춘 시절에 헤어진 이후
반세기 넘도록 풍문만 듣던
처연한 그의 비련 행각
첫사랑을 꿈에도 잊지 못해
정처도 없이 떠돌았듯이
홀로 이내 어디로 떠났는지

여우비처럼인들 또다시
만날 날이 오기라도 할는지

# 현대판 곡비哭婢

오래전 타이완의 바닷가에서
한 상가喪家 장례식을 지켜보다가
흐르는 눈물을 주체할 수 없었다
애끓듯 슬피 우는 여인 때문이었다
애통하게 세상 버린 어머니를
영영 떠나보내는 장면인 줄 알았다
웬 슬픔들이 그다지도 솟구치던지
돌아서서 남몰래 눈물 닦는데
누가 내 등 뒤에서 귀띔해 주었다
그 여인은 울음을 대신 울어주는
곡비哭婢같은 연기자라고 했다
전통적 상가풍속이라고도 덧붙였다
그래도 한동안 눈물이 멎지 않았다
아스라이 멀어진 슬픔도 때로는
다른 슬픔에 포개져 증폭되는 걸까
슬픈 연기 잘하는 배우만 보아도
오래전 타이완의 한 장례 모습이
새삼 선연히 떠오르기도 한다

# 세상일

꿀벌은 누구를 위해 꿀을 만들까
사람은 누구를 위해 재산을 모을까

사람들이 모은 재산은
쓰는 사람이 따로 있고
벌꿀도 차지하는 이가 따로 있다

새는 살아생전에 개미를 먹지만
죽은 뒤의 새는 도리어
개미들의 먹이가 된다

먹고 먹히는 일은 바뀌게 마련일까
오늘도 무엇을 위해 살아야 할까

# 아쉬움

노트북의 자판을 잘못 건드렸다
몇 차례 다듬어 놓은 시들이 지워졌다
휴지통을 아무리 뒤져도,
기억을 더듬어 되살리려 애써도 허사다

거울 앞에 앉으니 내가 나를 바라본다
안경을 들고 안경을 찾던 기억이
새삼 민망스럽게 떠오른다

영감은 지나가면 그뿐일까
절실했던 생각도 시간이 흐른 뒤
오롯이 그대로 되살려내지는 못한다

세월 저편에 파묻힌 지난날들이 그립다
영영 떠나버렸기 때문에,
되돌릴 수 없어서 이리도 아쉬운 걸까
되살리지 못한 시 몇 편도 아쉽다

고백

미사 때마다 잘못한 이를 용서한다고

기도하면서도 지키기 어렵다

어렵다기보다 못 지키는 경우가 있다

내게 잘못한 이보다 내가 되레

잘못하고 있는지도 모른다

내가 잘못한다고 생각하다가도

용서하지 못한 이의 얼굴이 떠오르면

마음의 상처가 도지기 일쑤다

이 트라우마에서 자유로워지고 싶다

# 되돌아보다

입은 하나지만
귀는 왜 두 개일까
말하기보다 더 들으라는 걸까

눈에 보이지 않는 것보다
마음으로 못 읽은 것이
왜 더욱 두려웠던 것일까

귀를 열고 입을 더 막으면서도
아둔했던 지난날이
되돌아 보인다

# 가을밤

풀벌레 소리 간간이 들리고 환한 달빛,
마을이 멀어지는 오솔길 따라
달빛을 밟으며 걷는다

낙엽들과 달리 달빛은 밟히지 않는다
무거운 내 마음도 간간이 밟히지만
풀벌레 소리는 밟히지 않는다
밟아도 한사코 따라온다
차츰 멀어지는 마을의 불빛과
두고 왔던 온갖 시름들도 따라온다
시우고 떨치고 싶은 것들이 따라온다

별빛을 밟으며 걷는다
바라볼수록 영롱해지는 별들이
달을 에워싸 이마 조아리듯 반짝인다

# 고탑古塔 앞에서

겨울 오후 한때, 갈 길이 안 보여
고탑 앞에 멈추어 선다
서녘에는 때 이른 저녁놀 몇 점

아주 먼 데서 날아온 듯한
홍방울새가 탑에 앉아 지저귄다

고탑은 구름모자를 벗거나 쓰면서
홍방울새와 나를 번갈아 바라본다
바라보면서 추호의 미동조차 없다

먼 길을 오거나 못 간 나그네를
고탑은 어떻게 보고 있을까

홍방울새 이마 위가 왜 붉은지
내 이마 위는 왜 검은지
고탑은 그저 바라보기만 하리라

## 새봄을 기다리며

그가 가고 너도 떠나가고
입춘 지나 우수가 다가오자
잔설더미를 비집으며 피어오른
눈새기꽃에 마음 비벼 보아도 서럽다

속절없는 세월 탓이겠지만
새봄이 다가오는데도 내 마음엔
안 올 것 같다는 생각을 하다가
다시 뒤집으며 들여다본다

그가 떠나고 너도 가버린
이 세상은 아무래도 적막강산
마음 추스르고 부추겨 보아도
그 빈터만 눈 앞을 가린다

경칩 지나면 봄기운이 마음 덥혀줄까
떠난 사람들은 못 돌아오겠지만
눈새기꽃에 마음 끼얹으며
애타게 새봄을 기다린다

# 눈새기꽃

새봄을 기다리는 겨울 끝자락
눈을 뚫고 피어오른 눈새기꽃
샛노란 꽃송이에 마음 끼얹고 있으면
늙은 소나무도 허리 구부려 굽어본다

세상이 하도 수상해 너무 간절했던
새봄을 끌어당겨 알려 주는 눈새기꽃
이제 세상도 달라질 거라고
잃어버렸던 봄도 되찾게 될 것이라고
말해 주는 것만 같아 귀를 기울인다

하늘도 낮게 내려오면서 눈새기꽃과
밤낮으로 새봄을 꿈꾸어온 나에게도
환한 햇살을 안겨주는 걸까
새봄의 화신 같은 눈새기꽃

# 노루귀꽃

산자락에서 몸을 낮추듯이 나직나직
꽃을 피우는 노루귀

마음도 몸도 낮추고 보아야
더 예뻐 보이는 건
그런 마음자리를 일깨우기 때문일까

아직 눈발 흩날리지만
새봄이 다가오는 길목

잔바람의 시샘에도 아랑곳하지 않고
혼신에 불을 지피는
노루귀의 앙증스러운 열정

몸도 마음도 낮추며
작아서 더 예쁜 꽃잎에 깃들어 본다

# 수선화

봄  오는 창가에 앉아 기다린다
올지 오지 못할지 모를 그 사람과
필 듯 말 듯 피지 않는 수선화를

해종일 애태우며 기다린다
수선화는 이제 곧 필 것 같은데
그 사람은 영영 안 올는지 모른다
행여 올지도 모른다는 기대감을
꽃대에 포개어 들여다본다

나르키소스를 뒤따라가 버렸을까
감감무소식인 그 사람이 그리워서
수선화 피기를 쓸쓸히 기다린다

## 찬사와 화답

햇살이 막 피어나는 봄꽃들에게
아름답다고 따스한 찬사를 보낸다
그대가 나를 있게 해 주고 있다고
봄꽃들이 온몸으로 화답을 한다

봄꽃들이 햇살에게
햇살이 봄꽃들에게

겨우내 함께 새봄을 기다렸다고
인동의 길을 새기며 서로 다독인다
은밀하게 말 없는 말을 주고받는다
저들의 찬사도 화답도 포근하다

# 찰나

벗꽃이 활짝 피었다

이 순간이 멈추면 얼마나 좋을까

하지만 이 절정의 한때도

찰나가 숙명이 아니던가

붙잡아 보려고 아무리 애를 써도

벗꽃들은 이내 진다

# 자목련 지다

꽃이 진다
오래 기다리며 참고
안간힘을 쏟아부어 피어오른
자목련들이 며칠 새
지고 있다

햇살이 따사로워지고
멧새들이 노래를 끼얹어줘도
다시 새봄을 맞이할

침묵의 길,

그 길로 되돌아간다
오는 길은 멀고 힘이 들어도
가는 길은 가까운지

잠깐 사이
절정의 한때를 접고

다시 그 한때를 누리기 위해
미련만 두고 가는지
꽃이 진다

## 꽃비

벚꽃들이 우수수 지고 있다
벚나무 아래 서서 꽃비를 맞다가
같은 꽃비인데도 왜 지난해처럼
슬프기보다 그 반대 느낌이 드는지

지는 벚꽃들이 왜 더 아름다워 보이는지
우두커니 앉아서 생각해 본다
오늘이 부활절이기 때문일까
벚나무 바로 옆 산딸나무에도
연초록빛 잎들이 돋아날 듯 생기가 돈다

그저께 세상을 두고 간 그 사람은
저승 가서 부활했다고 꽃비가
속삭이는 것 같아 귀 기울인다
꽃비가 내 가슴에도 내린다

# 옛 생각

겨우내 기다리던 봄날이다
먼 데서 맑은 종소리가 들려온다

종달새가 지저귀며 돌아오고 있는지,
풋풋한 보리밭을 끼고 돌면
아득히 잊고 있던 옛 소녀의 뒷모습,
댕기머리에 나풀거리는 꽃댕기도
아지랑이 너머 가물거린다

종달새를 묘사한 윌리엄스,
메시앙, 글린카의 곡을 떠올리다
슈베르트, 하이든 곡도 따라나선다
그 옛날 종달새 같던 소녀는
무엇을 하며 어느 하늘 아래 사는지,

종달새가 돌아와 밝게 지저귀면
가버린 옛날이 더욱 그립다

# 바이올렛꽃
## —또는 배우 강수연


그녀가 홀연 세상을 떠나고
오늘은 화분의 바이올렛꽃이 진다

꽃이 진다고 이리도 가슴 아픈 건
그녀가 앙증스러운 바이올렛꽃 같아
오래 마음 끌렸기 때문일까

사랑은 받기보다 주어야 행복할 텐데
그녀는 사람들의 사랑을 많이 받아서
그 무게가 되레 불행을 안겨 준 걸까

바이올렛꽃을 들여다보면서
그녀를 안쓰럽게 바라보게 되는 건
아름다움의 숙명 탓이기도 할까

꽃은 피었다가 지게 마련일지라도
오늘은 유난히 마음 아프다

# 봄 뜨락

영산홍들이 꽃불을 지핀다
겨우내 스산하던 뜨락이 환하다
목련꽃, 벚꽃이 다 지고 난 뒤에야
영산홍은 봄 햇살을 끌어당긴다
오면 가고 가면 다시 돌아오는
자연의 질서를 물끄러미 바라본다

하지만 사람들은 와서 가고 가서는
영영 돌아오지 않는다
그저께도 가까웠던 사람이 멀리 떠나갔다
봄이 다시 돌아왔건만
그는 돌아오지 못할 길로 가버렸다

그 사람의 뒷모습을 더듬고 있으면
구름 그림자가 무심히 스쳐 간다
봄 햇살을 끌어당기는 영산홍을,
꽃이 다 져버린 벚나무, 목련나무를
올려다보고 다가가서 들여다본다
영산홍들은 꽃불을 지핀다

# 배꽃 지는 밤

둥근 달 아래 배꽃들이 흩날린다

달빛이 내는 길을 따라 걷다가 보면

적막 너머, 그 너머로 가는지

앞서가던 노승의 뒷모습도 보이지 않는다

이럴 때는 내 속의 나를 불러내

달빛에 환하게 젖은 채 고요에 들고 싶다

적막 너머, 그 한참 더 너머의

밑도 끝도 없이 그윽한 고요에 들어

배꽃들과 난분분 흩날리고 싶다

# 어느 봄밤

날 저물어 또 술잔 기울이며
호수에 뜬 달을 들여다본다

나도 달을 따러 가볼까
라는 생각에 젖다가 불현듯
청노루 맑은 눈에 도는 구름을
들여다보던 박목월 시인이
왜 어깨 두드리는지 의아하다
아직 술에 취하지 않았으니
타나토스에게 물어볼까

낮에 본 느릅나무 새잎들이
내 마음에도 돋아나서 이럴까

봄밤은 성화인 듯 혼란스럽다
이태백이 권하던 술잔을
박목월이 바꿔 들게도 하다니

# 채송화를 보며

이 순간이 이대로 멎었으면 좋겠다

강가에 앉아 흐르는 물을 바라보면서도
허공에 떠 흐르는 구름을 바라보면서도

활짝 핀 채송화와 나 사이,
이 한때가 멈췄으면 하는 생각을 한다

꿇어앉듯이 낮게 낮게 하늘을 우러르는
채송화의 저 절정의 찰나,

그 찰나를 끌어당기는 나 사이의 한때가
흐르지 않고 멈추어 서면 얼마나 좋을까

우두커니 강물과 구름을 바라본다

# 금은화

산발치에서 마주치는 금은화

며칠 전엔 은빛이더니 금빛이다

여름 길목의 이 꽃은

인동의 화신일까

엄동설한을 참고 이겨낸 인동덩굴

품었던 속마음을

때가 되니 보라는 듯

은빛과 금빛으로 드러내는 걸까

나도 속마음을 꽃피우고 싶다

# 때죽나무 아래서

때죽나무 꽃향기가 싱그럽다
땅을 내려다보며 피어있는 저 꽃들은
소리로 향기를 나르는 종 같다
또 어찌 보면 마치
은은하게 불이 켜진 지등 같다
수줍어 다소곳이 고개 숙이고 나직이
잎사귀 사이에서 향긋한 말을
해 주는 것도 같다

하지만 어린 시절을 되돌아보면
때죽나무 열매 가루를 냇물에 풀어서
기절한 물고기들을 삽기도 했다

그렇다면 이 향기를
과연 어떻게 받아들여야 할까
겉으론 향긋한 말을 하는 것 같아도
감언이설에 다름이 없는 걸까
아무튼 이 한동안은
때죽나무 꽃향기에 젖으면서

세상사 어지러운 일들을 잊고 싶다
알면서도 속았던들 잊고 싶다

# 등나무 그늘

오후 한때 등나무 그늘에서

연보랏빛 꽃비를 맞는다

가고 싶은 곳을 다 접어버리고

안 가고 싶은 곳도 다 지워버리고

장의자에 비스듬히 기대어 앉아

지는 꽃잎을 가슴으로 받아들이다

멧새들이 날아들어 지저귀지만

그 뜻을 알고 싶지 않다

등나무 그늘에 그냥 머문다

# 좀작살나무꽃

가을이 다가오는 배롱나무 아래
좀작살나무들이 어깨 겯고 있다

부러운 듯 진홍빛 배롱꽃들을 쳐다보다
두 달 조금 더 지나서야 오종종
연보라 꽃들을 밀어 올렸다
배롱꽃 따라 질 저 작은 꽃들은
오로지 진주 같은 열매를 맺으려 저럴까

진보랏빛 꿈을 꾸는 소녀들처럼
따끈한 햇살을 끌어당기고 있다

# 구절초

낙엽을 밟으며 가는 산길에
정갈하게 꽃잎을 이고 있는 구절초

정결하게 소복한 여인 같고
폐결핵을 앓다가 세상을 일찍 떠난
옛날 소녀의 화신과도 같아
나도 몰래 뒤돌아보게 하는 것일까

인적도 없는 산길을 홀로 걸으면서
간간이 들리는 범종 소리에
무섭고 구겨진 마음 달래려 하는데
구절초 꽃들이 발길 붙든다

옛 소녀 생각나면 애달프고
안타까이 바라보던 소복한 여인을
또 만나듯이 가슴이 아려와
오르던 산길을 되돌아서 내려온다

산길을 굽이돌아서 내려오는 동안

범종 소리는 멀어져 버리고
구절초만 가만가만 뒤따라왔는지
다시 마음 흔들며 붙잡는다

해맑고 정갈하게 꽃잎을 머리에 인
애련한 여자와 같은 구절초

*IV*

# 나릿물

나릿물이 겨르로이 아래로 간다
수런수런 에움길을 간다

마파람 불거나 하늬바람이 불어도
매지구름이 다가오는데도

나릿물은 한결같이 가온 길을 간다
뒤돌아보지도 않고 간다

내가 그미를 단미로 그리워하며
이내 내리고 어둠이 밀려올 때까지
눈바래기로 기다리는 줄 알아도

나릿물은 지나치며 간다
찬솔과 큰솔도 붙들어 주려는 듯

지켜보는 줄을 알면서도
내가 그미를 간절히 기다리는데도

나릿물은 아랑곳도 없이
가람으로, 아라로 가온길을 간다

# 윤슬

여우비 한 차례 다녀간 뒤
아무도 살지 않는 푸실[1]을 지나
조그마한 연못 언저리에 앉아 바라본다
윤슬이 가슴께로 이랑져 온다
꽃잠[2] 자고 난 새색시처럼,

안 잊히는 먼 옛날의 한 자락
꿈결 같은 기억처럼,
반짝이며 다가오는 이 아릿함

저 푸실에 살던 사람들의
알콩달콩했을 그 옛날 한때로
기억 열차를 타고 가듯이 거슬러 오른다
가슴께로 이랑져 오는 윤슬이
나의 꽃잠도 데려다준다


1. 풀이 우거진 마을
2. 신혼부부의 첫날밤

# 그루잠[1]

지다가 깨다가 또 그루잠
그 모서리에 끼어드는
사나운 꿈 부스러기들

떨쳐도 다시 들러붙는
이 부스러기들을 어쩔까

천장으로 떠밀어도 잠은
눈꺼풀을 짓눌러 온다

속절없는 이 그루잠은
깨어나면 더 사나우니
마냥 붙드는 건지 모른다

1. 깨었다가 다시 든 잠

# 다솜[1]

그미[2]는 여태 그린비[3]를

하염없이 기다리고 있는 걸까

꼬꼬지[4]도 아득한 꼬꼬지

그린비는 아주 멀리 떠났는데

할미가 되어서도 여전히

젊은 그린비만 기다리는 걸까

애오라지 또바기[5] 또바기

한별로 그린비를 품고 사는지

그린비는 그미를 까마득히

잊어버렸을지 알 수 없는데도

꼬꼬지 그 시절에만 머물며

속절없는 세월만 보내는 걸까

애달픈 그미의 짝사랑



1. 애틋한 사랑
2. 그 여자
3. 그리운 남자
4. 아주 먼 옛날
5. 언제나 한결같이 꼭 그렇게

# 슬아[1]

그 사람은 슬아 같고
모도리[2] 같은 남자

가온을 품어 안은 그는
매지구름을 그러안아
바람꽃으로 바꾸는

더없이 초은한 슬아

하지만 풍진세상의
어디에서도 한결같이
흔들리지 않는 모도리

모도리 같으면서도
실은 슬아인 그 사람

1. 슬기롭고 아름다운 사람
2. 야무지고 빈틈이 없는 사람

96

# 뺌어 보다

눈감고 내 속마음을 뺌어 본다
장뺌으로, 쥐뺌으로, 다시
집게뺌으로 뺌는다

지난날 오랫동안의
희망 고문 때문일까

작아지고 이지러져
어떻게 뺌든지 뺌치는커녕
반 뺌이라도 될는지 모르겠다

# 해맞이


이른 아침, 동산에 올라
동녘의 햇귀에 마음 끼얹는다

어느새 따뜻해지는 햇볕
눈부신 햇빛
온몸을 어루만지는 햇살

햇발은 사방으로 달리고 있다
나도 햇빛을 보고 싶다

# 부활

된장이 항아리에서 발효되듯

그대에게 이르는 길은

오랜 참음과 기다림이었네

불투명한 유리방에 갇힌 내가

나를 풀어 주는 침묵의 길,

그 길 위에서 발효를 기다리며

거듭나려 하는 꿈길이었네

그대에게 이르는 길은

나를 내리고 비우는 길이었네

# 버드내에서

버드나무가 내를 내려다보듯이

나도 흐르는 물을 들여다본다

버드나무가 하늘을 바라보듯이

나도 아득한 하늘을 우러른다

하늘이 버드나무를 품어 주듯이

하늘이 나도 안아 주고 있을까

버드나무가 내를 받들고 있듯이

나도 흐르는 물을 받들고 있다

버드나무가 내를 따라나서듯이

나도 흐르는 물을 따라나선다

아래로 아래로 낮게 내려가면서

높고 깊은 하늘을 품으려 한다

이 마음이 바뀌지 않기를 바라며

# 조약돌 하나

강가에서 조약돌을 줍다가 불현듯
까마득히 잊힌 유년의 꿈과 조우한다
세월 저 너머, 그 너머에서 여전히
예 그대로인 한순간
햇살을 받으며 반짝이는 윤슬같이
눈부시게 잔물결로 밀려오는 그 꿈은
잃어버려서 더욱 아름다워 보일까
그 한순간이 이토록
사무치는 그리움으로 되살아나다니
조약돌 하나에 꿈꾸는 나라를 투영한
그 동경이 깃든 찰나였기 때문일까

# 묵뫼

산기슭 응달의 오래된 묵뫼 한 기
밋밋한 봉분을 맥문동들이 감싸고 있다
찾는 발길이 끊어진 지 아득하겠지만
후투티 두어 마리 어디서 왔는지
곡비哭婢처럼 울음을 끼얹고 있다

산소를 돌보는 맥문동들이 불렀을까
비문이 이지러져도 빗돌은 알고 있으련만
쓰러질 듯이 서서 묵언 수행만 하는지

멧새들도 찾아와 곡하듯이 울고
지나던 구름은 잠시 내려다본다
이 묵뫼에 묻힌 이는 어떤 인물이며
그 후손들은 어디서 무얼 하며 사는지……
후투티들의 울음은 그치지 않는다

## 빗방울 전주곡

비 내리는 오후, 술을 마신다
유리창 너머의 부드러운 가랑비같이

술잔을 비우고 다시 채운다
등 뒤에서는 쇼팽의 '빗방울 전주곡'이
창밖의 빗소리와 어우러지듯이 흐른다

채웠던 술잔을 다시 비운다
갑자기 거칠어지는 빗줄기,

'빗방울'도 리듬이 소나기처럼 바뀐다
세찬 빗줄기 쏟아지듯 술잔을 비운다

내가 왜 이러고 있는 걸까
내리는 비의 리듬 때문일까

빗속의 상드를 걱정하는 쇼팽과 같이
연인을 애타게 기다리는 것도 아닌데
술버릇과 비의 함수 때문일까

'빗방울' 리듬이 다시 평온을 찾는다
나도 술잔을 느리게 비운다

# 기러기의 행차

기러기는 먹이와 따뜻한 곳을 찾아
V자 대형으로 머나먼 행차를 한다
앞장선 대장은 수만km를 나는 동안
바람을 가르며 기류에 양력을 만들어
따라오는 기러기들의 비행을 돕는다
서로 의지하며 따르는 기러기들도
대장에게 끝없는 함성으로 응원한다
얼마나 장하고 아름다운 V대열인가
아프거나 다친 기러기가 이탈할 경우
두 마리는 합류해 돕는다고도 한다
죽거나 날 수 있을 때까지 돌보다가
필사적으로 다시 대열에 끼어든다
이 얼마나 아름답고 장한 장정인가
오늘날 세상을 바라보면 기러기 떼가
너무나 부럽고 가슴 미어지게 한다
기러기 떼의 더불어 살려는 행렬이
요즘 세태를 질타한다면 과한 걸까

# 거듭나기

독수리가 새 부리 돋게 하려고
낡은 부리 다 닳을 때까지
바위를 쪼아대듯이,
새 부리로 무뎌진 발톱을 빼내고
새 발톱이 돋아나기를 기다리듯이,
낡은 것들을 죄다 내려놔야 한다
새로 채우기 위하여
모두 비워내 버려야 한다
새 술을 새 부대에 담게 되듯,

새로운 시대를 맞이하기 위해
새 부리와 새 발톱이 돋을 때까지
힘겨운 때를 이겨내는 독수리같이,
독수리의 거듭나기 위한 지혜처럼
인고의 세월을 삭여내야 한다

# 독도
—가곡을 위한 시


한 많은 한반도의 고고한 막내 돌섬
아득한 예부터 동쪽 끝에 외로이 앉아
아비에게도 어미 섬인 울릉도에게도
투정 한번 하지 않는 동도여 서도여
다정한 오누이같이 잉꼬부부와 같이
비바람 불고 거친 파도가 휘몰아쳐도
하늘 우러러 가슴에 뜨거운 불 지피고
우리 겨레 마음 한복판에 앉아
묵묵히 나라를 지키고 있네
독도 갈매기들은 우리 얼로 지저귀고
우리도 함께 우리 얼로 노래 부르네

한 많은 한반도의 고고한 막내 돌섬
아득한 예부터 동쪽 끝에 외로이 앉아
비바람 불고 거친 파도 휘몰아쳐도
하늘 우러러 가슴에 뜨거운 불 지피고
우리 겨레 마음 한복판에 앉아
묵묵히 나라를 지키고 있네

# 울릉도 향나무
—가곡을 위한 시

발을 조금 내디뎌도 떨어질 벼랑 바위에
키 작은 향나무가 하늘로 팔을 뻗고 있네
바위 틈새로 안간힘 다해 뿌리를 내리네
꽉 잡고 있는 건 바위가 아니라 쪽빛 바다,
바다가 떠받들고 있는 옥빛 먼 하늘이네
이따금 하늘이 슬며시 내려와 보듬어주고
산지사방 부는 바람이 날개를 달아주네
울릉도 향나무는 향기 대궐 한 채를 품고
그 향기를 바다와 하늘로 퍼 나르고 있네

이따금 하늘이 슬며시 내려와 보듬어주고
산지사방 부는 바람이 날개를 달아주네
울릉도 향나무는 향기 대궐 한 채를 품고
그 향기를 바다와 하늘로 퍼 나르고 있네

# 봄마을
—가곡을 위한 시


봄날의 마을이 마냥 설레고 있네
개나리 목련 벚꽃 활짝 피는 한낮
깨금발 딛던 마을이 날개를 퍼덕이네
나무들 아래는 새잎 돋아나는 풀들
멧새들이 날아들어 재잘거리고 있네
삼삼오오 학교서 돌아오는 아이들의
경쾌한 발걸음, 연신 종알대는 소리
양달에는 강아지가 졸다 말다 하네
빈 유모차를 밀면서 봄나들이 가는
할머니들의 발걸음도 가뿐해 보이네
복숭아꽃 살구꽃 배꽃들이 피어나는
봄날의 마을은 온통 야단법석이네
온 마을이 붕붕 날아오를 것만 같네
야단법석 붕붕 날아다닐 것만 같네

# 봄비
—가곡을 위한 시


꿈결처럼 속삭이는 봄비가 내리네
따스하게 속삭이는 봄비가 내리네
앞마당에 깨금발로 서 있는 광나무가
그 소리에 귀를 가져다 대는 중인지
광나무 아래 얼굴 씻은 팬지꽃들도
따스한 귀엣말을 주고받는 중인지
나직나직 내리는 봄비를 맞고 있네

겨우내 기다리던 편지가 막 오듯이
영영 가버릴 것만 같던 그 사람이
먼 길 돌고 돌아 다시 돌아오듯이
나직나직 말 건네는 봄비가 내리네
기다리고 기다리던 따스한 말들을
꿈결처럼 속삭이는 봄비가 내리네
따스하게 속삭이는 봄비가 내리네

# 삶의 흔들림과 자아 찾기의 꿈

이 진 엽 (시인, 문학평론가)

# 삶의 흔들림과 자아 찾기의 꿈

## 1. 대상에 대한 의식의 눈뜨기

서정시는 일반적으로 시인이 세계에 편재遍在된 대상을 의식의 자장磁場 안으로 끌어들여 자신의 개성적인 정서를 드러내 보인다. 자연 상태로 주어진 세계는 시인의 의식의 지향성을 만나 새로운 의미체로 태어난다. 그러므로 시인 앞에 가치중립적으로 던져져 있는 대상들은 시인이 투사하는 의식의 빛을 받아 가치지향적인 존재로 새롭게 현출된다.

시인은 일견 영도零度의 개념처럼 무의미한 듯 보이는 대상들을 괄호 안에 넣은 다음, 그 대상들을 의식의 지향작용을 통해 가치의 영역으로 이끌어 올린다. 미적 창조자인 시인은 끊임없이 외물外物에 관심을 부여해 아름다운 형상화로 착색한 뒤 시의 꽃을 피운다. 이런 의미에서 시인은 곧 서정적인 현상학자다. 이 때문에 서정시는 시인의 의식과 대상 사이에서 태어난, 고도로 응축된 미적 유기체가 된다.

이태수 시인이 이번에 펴내는 열아홉 번째 시집『나를 찾아가다』는 서정시의 이 같은 특성을 다채롭게 떠올려 보인다. 시력詩歷 반세기에 즈음해 올해 한 해에 두 권의 시집을 상재하는 필력도 그러하지만, 시인 주변에 산재해 있는 대상들을 의식의 자력으로 끌어들여 삶과 존재에 대한 근원적인 문제를 사유하고 통각統覺하면서 시의 깊은 맛을 돋우어내는 모습은 경이롭지 않을 수 없다.

그의 시를 지탱하는 세 주춧돌이 '실존·현실·초월'이라고 이미 밝힌 바 있지만, 이 시집은 이 세 원형질이 한결 내밀하게 작용해 삶과 존재 문제를 깊고 원숙하게 반추한다. 특히 '길'을 모티프로 한 고적孤寂한 방랑자 의식과 자기동일성 회복에의 간절한 염원, 삶과 죽음에 대한 진지한 성찰과 존재의 비상 꿈꾸기 등 더욱 웅숭깊은 시세계를 구축한다. 이 때문에 이 시집의 시편들은 시라는 매개물을 통해 표현된 이태수 시인의 실존적 비망록이자 생철학이라 할 수 있다.

## 2. 길 떠돌기의 고단한 여정

인간의 삶은 '길' 위에서 시작돼 그 길에서 끝을 맺는다. 길은 누구나 걸어가야 할 노정路程이므로 인간은 숙명적으로 한평생을 나그네가 되거나 방랑자로 살아가야 한다. 길에는 수많은 사람의 숨결과 발자취가 스며있으며 삶의 희로애락이 화석처럼 쌓여 있기도 하다. 그러므로 길은 다양한 상징성을 내포하고 있으며, 시에서는 강한 정서를 불러일으키는 심상이 되기도 한다.

이 길은 산티아고로 가는 도정道程처럼 긍정적 의미를 나타내기도, 바빌론 유수같이 죽음과 핍박이라는 부정적 의미를 내포하기도 한다. 길 위에 서 있는 사람들은 어느 길을 선택해야 할 것인가, 아니면 어떤 길이 자신에게 운명적으로 주어질까 하는 실존적 문제에 맞부딪치게 마련이다.

특히 신神이 어디론가 숨어버린 이 탈주술脫呪術 시대에는 세계 속에 외롭게 방기된 일상인들에게 그 길이 삶의 불안한 여정으로 느껴질 수밖에 없다. 신을 잃어버린 무명無明의 존재들은 순례자가 아니라 유랑자로서 자신의 실존 앞에 놓인 길에서 고독하게 띠돌아야 한다. 이 떠돎은 주체적 시간성을 확보하지 못한 데 연유하며, 자신이 처한 세계와 시간에 대해 소외감을 느끼게 하기도 한다.

이태수 시인의 많은 시편에는 이 같은 '길'이 빈번하게 등장하면서 삶에 대한 허무와 외로움, 낯선 시간 의식이 그윽한 서정적 울림들과 다채로운 빛깔로 편재한다.

멀리도 온 것 같다
하지만 언제나 제자리걸음 같다
가도 가도 거기가 거기다

반세기에다 스물다섯 해
구부러지고 이지러진 길

돌아보면 그런 무명 길을
속절없이 떠돌고 헤매온 것일까
미망의 꿈결 같다

그러나 나는 오늘도 간다
다시 돌아온 봄날
아지랑이 저 너머로 가보려고
신발 끈을 고쳐 매고
어디로 가는지도 모르고 간다

거기가 거기라고 알아도 간다
꽃이 피고 이내 지고
흐리다 개다가 다시 흐려지는
이 풍진세상 길을
나는 덧없이 오늘도 간다

—「덧없이」전문

시인은 '길'에 의식을 투사하면서 삶과 존재 문제를 깊숙이 들여다본다. 시인이 돌아보는 지난날의 발자취는 "멀리도 온 것" 같지만 "언제나 제자리걸음 같다"고 느낄 정도로 무상감을 대동한다. 시인은 "길이 거꾸로 다가오다 거두어지"(「고독과 더불어」)는 존재의 부조리한 처지에도 직면한다. 기실 그가 걸어온 인생길은 신의 축복이 쏟아지는 노정이 아니라 "구부러지고 이지러진 길"이라는 내목에서 읽게 되듯 고난과 역경의 여정이다.

물속에서도 영원히 그 물을 마시지 못하는 형벌에 처한 탄탈로스의 고통처럼 시인은 꼬리를 물고 맴도는 생의 순환론적 아픔에 갇혀 지금껏 살아온 것일까. 이 뒤틀린 운명의 부조리에 대해 시인은 "돌아보면 그런 무명 길을/속절없이 떠돌고 헤매온 것일까/미망의 꿈결 같다"고 토로한다.

하지만 시인은 길 위에 그냥 피투被投된 존재로서만 살아갈 수 없다는 깨달음과 그 의지를 완강하게 끌어안는다. 주체적 시간성을 상실한 일상인이 아니라, 깨어 있는 현존재Dasein로서의 가능성을 끊임없이 모색하고 추구한다. 이 탐색은 "다시 돌아온 봄날/아지랑이 저 너머로 가보려고/신발 끈을 고쳐 매고/어디로 가는지도 모르고 간다"는 구절에서도 엿볼 수 있다.

시인은 자신 앞에 주어진 길이 "이 풍진세상"의 먼지

투성이 길이지만, 아지랑이 피어오르는 봄날을 맞으면서는 미지의 새로운 '저 너머'의 세계를 동경하고 갈망한다. 현실적인 삶의 도정이 지난至難할지라도 "깨어 있어 간신히 올 수 있었듯이/언제나 마지막 날이듯 걸어야겠다"(「마지막 날이듯」)는 대목이 시사하듯이, 언제나 깨어있으려는 강인한 의지를 내비치기도 한다.

시인이 꿈꾸는 미지의 세계는 이같이 J. 라캉이 언급한 것처럼 주체의 결핍을 채워 줄 듯한 환상을 자아내는 욕망의 환유를 떠올려 보게도 한다. 그 꿈은 아무리 애써도 기표記標가 기의記意를 완전히 취하거나 소유하지 못하는 것과 같이 이루어질 수 없는 욕망일는지 모르지만, 결코 이 초월에의 꿈꾸기를 접지 않는다.

만나면 헤어지고 오면 가야 하는
이 세상의 구부러진 길

허망한 꿈과 꿈 사이의 꿈길 같다

꿈을 꾸다가 깨어나면
꿈과 길항하는 날이 밝아온다

간밤의 꿈을 끌어당겨 봐도 부질없다

떠나간 꿈은 돌아오지 않지만
다시 꿈꾸며 걸어간다

또 허방에 이를지라도 가야 한다

왔다가 가서 오지 않는
꿈과 꿈 사이의 꿈길을 떠돈다
—「머나먼 꿈길」 전문

　시인이 놓인 세계는 언제나 만남과 이별이 교차하는
"구부러진 길"이다. 이 길을 지향적 대상으로 사유하면
서 고단한 현실을 초월하기 위한 꿈을 꾼다. 꿈은 인간
의 욕망이 무의식 속에 잠재돼 있다가 어떤 계기를 만
나면 현재몽으로 발현하게 마련이다. 이 꿈을 꾸는 동
안에는 인간의 뇌가 해리解離 상태에 있기 때문에 의식
의 제어장치가 풀려 대상들의 원형이 제멋대로 왜곡되
기도 한다. 그 대신 꿈속에서는 현실적 제약과 통념으
로부터 벗어나기 때문에 존재의 해방과 자유를 마음껏
만끽할 수 있게 된다.
　시인은 부단히 꿈을 꾼다. 그 꿈은 "꿈결에 처음 만
난 천사/아득한 하늘나라로 돌아갔겠지만/그 찰나가
왜 이리 마음 아리게 하는지"(「홀로 가듯 말 듯」)에서 보듯
존재의 이상태理想態를 갈망하는 무의식적 신호에 불과

하다. 이런 이유 때문일까? 시인은 "꿈을 꾸다가 깨어
나면/꿈과 길항하는 날"이 오고 그때마다 그 꿈에서 깨
어나지 않으려고 버티고 대항한다. "간밤의 꿈을 끌어
당겨 봐도 부질없다"는 점도 알고 있으며, "떠나간 꿈은
돌아오지 않지만/다시 꿈꾸며 걸어"가고 있다. 시인에
게 꿈은 이토록 간절하게 즉자적 존재로서의 인과율이
아니라 대자적 존재로서의 자유와 해방감으로 자리매
김하고 있는 것으로 읽힌다.


## 3. '부름'과 근원적 자아 찾기

서정시에서의 '부름'은 어둠 속에 은폐된 존재자를
호명해 그것의 본질을 탐색하는 현상학적 가치를 지닌
다. 시인에 의해 부름을 받은 대상은 깊은 잠에서 깨어
나 그 껍질을 벗고 탈각성脫殼性의 상태로 그 진면목을
드러내게 된다. 특히 고대인들은 신령스러운 대상에 대
해 시가나 노래로 부름의 행위를 함으로써 주술적인 목
적을 달성하려 했다. 그만큼 부름에는 서정시에 있어서
시적 페르소나의 간절한 요청이나 염원이 내재돼 있는
것이다. 시인은 대상에 대한 호명을 통해 자신이 놓인
조건이나 처지에서 새로운 변화를 갈망한다.
이태수 시인은 이 같은 부름을 통해 자신의 실존적

문제를 다각적으로 천착하고 성찰한다. 그의 시에는 특히 상처받은 현실적 자아가 근원적 자아를 불러내어 그 아픔을 치유하려는 행위가 두드러져 있다.

솔바람 소리로 마음 단정하게 빗고
맑게 흘러가는 물에 발을 담근다
이럴 때는 내가 나를 부른다
소나무가 허리 굽혀 들여다보고
그 위의 구름 몇몇도 내려다본다

바람이 불면 바람을 따라가 보고
구름이 떠가면 구름을 따라간다
이럴 땐 나 홀로가 제격이다
아프고 삭막한 날들 불러 모아
마음이 가는 곳으로 풀어 놓는다

내가 부르면 가다가 되돌아오고
와서 다시 저만큼 떠나가지만
내가 내 속으로 잦아들어야
떠돌던 내가 돌아와 머무른다
물소리, 새소리도 환하게 빛난다

—「나를 부르다」 전문

시인은 세파에 시달리는 삶에서 벗어나 자연 속에서 안식을 되찾는다. 이 시에서 그의 소망을 읽게 되듯이 "아프고 삭막한 날들 불러 모아/마음이 가는 곳으로 풀어 놓"는다. 시인의 의식이 계곡에서 흘러가는 '물'과 '소나무', '구름'을 지향할 때 그 대상들은 시인의 내면에서 안정을 회복시켜 주는 존재들로 전환된다.

　　이같이 마음이 편안해지는 순간, 시인은 "이럴 때는 내가 나를 부른다"에서 보듯 무의식 깊숙이 잠재된 근원적 자아를 불러낸다. 이 부름은 오직 "나 홀로가 제격"이라는 구절에서처럼 신 앞의 단독자로서 행하는 실존 의식에서 비롯되는 것으로 보인다.

　　시인은 삭막한 현실에서는 주체적 시간성을 회복하지 못한 채 상처와 아픔 속에서 살아왔더라도, 그의 의식은 자연과의 활발한 지향작용을 통해 훼손되지 않은 '온전한 자아'를 만난다. 이처럼 본연의 자아에 대한 내적 부름을 통해 시인은 새로운 삶의 조건을 경험하기에 이른다. 동시에 내적 응시와 부름은 "내가 내 속으로 잦아들어야/떠돌던 내가 돌아와 머무른다"고 말하고 있듯이, 자기동일성 회복을 위한 간절한 몸짓으로 거듭되고 있다. 이 같은 경향은 그의 시에서 더욱 내밀한 자아 성찰의 방식으로 그 모습을 드러낸다.

바깥을 향한 문에 빗장을 지른다
안으로 향한 문을 찾아 열기 위해
오로지 안으로 아래로 내려가려 한다

입을 닫은 채 귀를 열고 눈을 뜨면서
마음을 붙잡고 고요를 들으려 한다
조신하게 안을 향한 문을 열면서
고요 속에 들어 좌정하고 싶어진다
하염없이 가라앉아 나와 마주 앉아서

밖과 안의 나와 내가 하나 되려 한다
바깥을 향한 문에 빗장을 지른 채
안을 향한 문만 열어놓으려 한다

　　　　　　　　　　　　　—「좌정坐定」 전문

　　시인은 외부 세계와 차단한 채 자신의 내면 깊숙한 곳을 응시하며 그곳으로 침잠한다. "바깥을 향한 문에 빗장을 지른다/안으로 향한 문을 찾아 열기 위해/오로지 안으로 아래로 내려가려 한다"라는 대목에서 감지되듯, 세상을 향한 문을 잠그고 '안으로 향한 문'을 열고자 한다. 그 빗장의 바깥에는 삶의 중심이 흔들리는 무명無明의 자아가 자리 잡고 있지만, 내면으로 향하는 문은 존재의 새로운 열림을 기대하게 해준다.

평균적, 통계적 인간으로 살아가던 현실 세계에서는 늘 실존의 불안을 느낄 수밖에 없다. 하지만 온전한 삶을 회복하려는 인간이면 누구나 현실을 초월해 자신의 존재 가능성을 언제나 기도企圖하며 꿈꾼다. 이같이 자신의 존재 가능성을 미리 앞당겨 사유하는 것을 하이데거는 '심려sorge'라고 했지만, 이 심려야말로 자아의 정체성을 회복하려는 주체적 행위다.

　이태수 시인은 자아의 참된 본질을 찾기 위한 모색과 탐구를 거듭한다. "입을 닫은 채 귀를 열고 눈을 뜨면서/마음을 붙잡고 고요를 들으려"고 혼신의 힘을 쏟기도 한다. 내면 깊은 곳에서 울려오는 근원적 자아의 부름, 혹은 영혼의 소리를 그는 절대 고독과 고요 속에서 "귀를 열고" 들으려고도 한다. '나'의 자기 균열 또는 '나'의 고통스런 이화異化 상태를 초극해 "하염없이 가라앉아 나와 마주 앉아서//밖과 안의 나와 내가 하나 되려"는 꿈에 불을 지핀다.

　시인은 비록 "그가 등 뒤에서 다시 나를 부르지만/뒤돌아보면 그가 안 보인다"(「그가 나를 부르지만」)에서처럼 근원적 자아를 만나기란 지극히 힘이 들지만 그 꿈을 포기하지는 않는다. 현실적 자아와 근원적 자아와의 행복한 합일, 이는 곧 자기동일성 회복을 위한 시인의 간절한 소망이기 때문일 것이다. 세상의 분진과 소음에서 벗어나 고요 안에서 자신의 본래 모습을 찾으려는 그의 염원은 깨어 있는 현존재로서의 모습으로 감명 깊게 다가온다.

한편, 자아의 내면 응시와 하강적 구조를 통한 존재 성찰은 자아의 원심력과 상승적 구조를 통해 나타나기도 한다.

> 눈을 감고 내가 내 속으로 든다
> 광대무변의 우주도 더불어 들어온다
> 이 찰나는 영원과 한 몸이다
>
> 눈을 뜨니 나는 작은 점이다
> 영원을 지나치는 작디작은 티끌이다
> 그래도 우주는 나를 품어 안는다
>
> ─「점 또는 티끌」 전문

시인은 "눈을 감고 내가 내 속으로" 들어간다. 그는 의식의 구심력을 통해 근원적 자아라는 하나의 정점을 향해 하강하기도 하지만, 그 내면 깊이 "광대무변의 우주도 더불어 들어"오는 걸 느낀다. 저 광막한 우주를 자아의 원심력으로 끌어들여 본연의 '나'와 일치시키려는 시인의 내공은 놀랍다. 이 일체감을 통해 시인은 "찰나는 영원과 한 몸"이라는 시간에 대한 통찰로 나아간다. 이런 우주론적 통시력洞視力은 "찰나와 영원이 한 몸이

된/이 우주의 작디작은 풀잎 하나"(「풀잎 하나로」), "이 비
의에 감싸인 우주"(「단비 맞으며」) 등에서도 뚜렷하게 드러
난다.

순간과 영원, '나'와 우주가 서로 일체를 이룬다는 이
사유를 통해 시인은 '나'라는 "작은 점"과 "영원"이 서로
회통하면서 불이不二의 몸을 이룬다는 것을 통각하기에
이른다. 이는 곧 브라만과 아트만이 하나가 된다는 범
아일여梵我一如 사상을 상기시킨다.

시인은 현실적 자아와 근원적 자아, "나를 품어 안는"
우주가 서로 융합해서 한 몸을 이루는 장면을 통해 자
신의 존재론적 심폐 공간을 마음껏 깊고 넓게 확장하거
나 펼쳐낸다. 상처와 아픔, 낯섦과 외로움으로 가득 찬
현실 세계에서도 부단한 의식의 지향성과 내적 성찰을
통해 자기동일성을 회복하려는 염원은 이태수 시인이
보여 주는 자신만의 심원한 생철학이라 할 수 있다.


## 4. 자연과의 융화와 내밀한 상응

자연은 싱그러운 생명력을 끊임없이 인간에게 주입
하면서 삶의 활력을 얻게 한다. 자연이 주는 맑은 숨결
을 통해 인간은 폐활량을 늘려가며 그 천연의 품에 안
겨 위안을 얻기도 한다.

우리나라의 청빈한 옛 문사文士들도 온갖 명리와 권세가 유혹할 때마다 자연 속에 안거安居하면서 자신의 본성을 지키려 했다. 산수시山水詩에서 보듯 자연과 더불어 풍월주인風月主人의 삶을 즐기든, 온유돈후溫柔敦厚한 성정을 기르든 옛 선인들은 자연과 더불어 일체감을 이루며 살아가려고도 했다.

　특히 물질문명이 지배하는 이 삭막한 현대사회에서는 자연의 활력소가 더욱 간절히 요구된다. 삶의 진실과 인간의 생기 넘치는 경험들이 이미지와 기호로 변형되거나 대체되는 이즈음의 스펙터클 사회에서는 자연이 주는 푸른 생명력은 한층 더 요청될 수밖에 없다.

　이태수 시인의 시에서는 이 자연이 중요한 시적 에너지의 원천으로 자리매김하고 있다. 그는 젊은 한때 「낮술」 등의 시를 통해 도시적 삶의 우울과 시대적 방황을 노래하기도 했지만, 그 이후부터는 자연의 원천수를 자신의 시에 끊임없이 길어 올리며 녹색 갈증을 해소하려고 시도해왔다. 이를테면 '회화나무, 얼음꽃, 이슬방울, 물방울, 숲, 새, 푸른 별, 저녁 눈……' 등 다양한 자연 심상을 매개로 한 그의 시는 새로운 생명력을 회복하려는 시도들이다. 그는 이번 시집에서도 자연을 통해 세상으로부터 받은 상처를 치유하거나 자연과의 융화와 상응으로 현실의 고통을 초극하려는 의지를 보여 준다.

마을을 벗어난 산골의 구부러진 길
구름 그림자 따라 지향 없이 걷는다

하산하듯 내려오는 솔바람 소리,
지그재그로 나는 멧새들 소리,
돌부리를 스치는 계곡물 소리도 맑다

나를 부르는 것 같아 산길로 접어드니
산문으로 돌아가는 노스님이
주장자 앞세우고 산모롱이를 돌아간다

마을과 점점 멀어질수록 마음 놓인다
간밤의 악몽 때문만 아닌데도
왜 자꾸 사람들이 무서워지는지

가까웠던 사람들이 왜 더 그런 건지
내 탓으로 돌려보니 마음 편해진다

정처 없이, 지향 없이 얼마나 걸었을까
암자가 가까이 보이는 산중엔
솔바람에 간간이 실려 오는 독경 소리
                            ―「산중에 깃들다」 전문

시인은 번잡한 마을에서 벗어나 "산골의 구부러진 길"을 걷는다. 의식이 "구름, 솔, 멧새, 계곡물, 산길" 등으로 지향되자 이 자연물들은 어둠 속에서 잠 깨어 시인에게 새로운 의미의 지향적 상관물로 자리매김한다. 시인에게는 "하산하듯 내려오는 솔바람 소리,/지그재그로 나는 멧새들 소리,/돌부리를 스치는 계곡물 소리"가 단순한 자연의 울림들이 아니다. 그것들은 세인들로부터 상처받은 시인의 마음을 위무해 주고 신산한 현실을 초월하게 해 주는 청량한 원형질로 환원된다.

　그런데 시인이 꾼 "간밤의 악몽"은 "가까웠던 사람들이 왜 더 그런 건지"라는 구절에서 느껴지듯, 믿었던 사람들로부터의 등 돌림 때문이다. 이 쓰라린 기억을 자연과의 영적 교류를 통해 초탈하려 하며, "솔바람에 간간이 실려 오는 독경 소리"에 귀 기울이듯이 억눌린 존재의 열림에 이르기를 꿈꾼다.

　이렇게 볼 때 이태수 시인의 시에 나타나는 자연물들은 하이데거의 말처럼 각각 하나의 명사名辭가 아니라 '정황을 내포한 사건'으로 인식된다. 왜냐하면 그 자연물들은 인간의 본성과 생명이 위협받는 이 시대에 끊임없이 존재의 생기生起/Ereignis를 담보해 주기 때문이다. 이태수 시인은 자연과 인간이 하나의 맥으로 관통되면서 유기체적 삶을 통찰하게 해준다는 것을 누구보다 잘 깨닫고 있다. 그러므로 그의 시에 나타난 개별적 자연물들은 고착화된 하나의 개념으로서가 아니라 '존재의 열림'을 가능케 하는 사건처럼 작용하는 것으로 읽힌다.

이 같은 자연의 생명력은 그의 시에서 융화와 내밀한 상응으로 변주되기도 한다.

① 버드나무가 내를 내려다보듯이

나도 흐르는 물을 들여다본다

버드나무가 하늘을 바라보듯이

나도 아득한 하늘을 우러른다

하늘이 버드나무를 품어 주듯이

하늘이 나도 안아 주고 있을까

버드나무가 내를 받들고 있듯이

나도 흐르는 물을 받들고 있다

　　　　　　　　　　　　　　　—「버드내에서」 부분

② 연꽃 피기를 기다리는 연못에
거꾸로 선 불탑과 구름 한 자락

구름을 붙드는 배롱나무는
물구나무선 채 이따금 몸을 흔들고
잉어들이 줄을 지어 탑돌이를 한다

내가 수면에 비친 나를 들여다보고
수면의 나는 나를 올려다보고 있다
하늘은 그윽이 내려다본다

—「법당 연못」 부분


①의 인용 시에서는 '버드나무', '내(냇물)', '하늘'과 시인의 의식이 지향 관계를 이루면서 자연과 융화되는 모습이 인상 깊게 그려져 있다. '나'라는 시적 화자를 중심으로 이 세 자연물은 서정적 삼각 구조를 이루면서 서로 하나로 융합된다. 이 삼각의 유기적 틀 속에서 시인은 자연과의 일체감에 다가선다. 특히 "내를 내려다보듯이", "하늘을 우러른다"에서와 같이 하강과 상승 작용을 통해 시인은 자연과 인간이 서로를 "품어 주"는 혼융 일체의 정서에 사로잡힌다.

이 같은 어우러짐은 "배꽃들과 난분분 흩날리고 싶다"(「배꽃 지는 밤」), "산골짜기 물소리도 따라온 것일까/눈을 감으면 귓전에 환한 이 소리 (『산골 물소리 2』)에서, 또한 아름다운 순우리말의 울림을 미묘하게 살린(그의 적지 않은 시편들이 이런 시도에 주어지기도 함) "윤슬이 가슴께로 이랑져 온다"(『윤슬』) 등에서도 지속된다. 이런 표현은 약육강식에 물든 세상과는 달리 서로를 "안아 주"거나 "받들고 있"는 자연의 온유한 섭리를 일깨우며 떠올린다.

자연과의 이 융화는 ②의 시에서는 자기 응시와 내밀한 상응으로 나타난다. 시인은 한 법당의 연못가에서 다양한 자연물들에 의식의 빛을 투사하면서 존재 성찰을 드러내 보인다. 그의 의식 속에 불탑, 구름, 배롱나무, 잉어가 투영될 때 그것들은 '나'와 친화 관계를 이루면서 내면화되고 있다.

배롱나무가 "몸을 흔들"거나 "잉어들이 줄을 지어 탑돌이"를 하는데도 산중의 절집은 동중정動中靜의 고요가 감싸고 있다. 이 적정寂靜의 분위기 속에서 시인은 "내가 수면에 비친 나를 들여다보고/수면의 나는 나를 올려다보고 있"는 분위기에 사로잡히기도 한다.

고요한 나르시시즘, 현실적 자아와 근원적 자아의 이 내밀한 상응은 시인의 잃어버린 자아의 정체성을 되찾게 해준다. 이처럼 이태수 시인은 자연을 매개로 해 상처의 치유와 삶의 위안, 물심일여의 정서와 자기동일성을 반추하면서 싱그러운 풀빛에 물든 생의 불망기不忘記를 기록하고 있다.

## 5. 생성과 소멸의 변증법

죽음은 모든 살아 있는 존재가 겪어야 할 필연적인 통과의례다. 모든 생명체는 생주이멸生住異滅의 과정을 거치면서 한 생애를 마감한다. 이 죽음은 한 개체가 짊어져야 할 쓰디쓴 숙명 같다는 점에서 오르페우스의 슬픈 신화처럼 가장 고통스러운 비극성을 내포한다. 우리나라 최고最古의 서정시가라 불리는 상고시대 「공무도하가」에서도 사별死別의 아픔이 등장하는 것으로 보아, 죽음은 시공을 초월해 모든 사람의 중요한 화두가 되고 있음을 알 수 있다.

이 같은 죽음에 대한 세인들의 인식은 조금 다른 양상으로 나타나기도 한다. 망각의 물이 출렁대는 '레테의 강'처럼 죽음이 현세와 단절된 것이라는 절대주의적 관점과, 육도윤회六道輪廻와 같이 그 죽음이 생의 한 연장이라는 상대주의적 관점이 있다. 어쨌거나 생존을 위해 안간힘을 쓸수록 인간은 결국 죽을 수밖에 없다는 뒤틀린 운명 앞에 심각한 실존의 부조리를 느낀다.

하지만 죽음은 삶을 더욱 진지하게 성찰하도록 한다는 점에서 부정적 의미만이 아닌 역설적 가치도 함께 지니고 있다. 그러므로 죽음과 삶은 서로 일극一極을 이루면서 팽팽한 대척 관계에 있는 것이 아니라 인간의 존재 성찰을 위한 상호성을 지니고 있다.

　이태수 시인의 이번 시집에는 죽음 혹은 소멸의 시편들도 다수 들어 있다. 그의 시에 나타난 이 죽음 의식은 「현대판 곡비哭婢」처럼 직접적인 장면을 통해 사실적 관점으로 제시되기도 하지만, 「자목련 지다」와 같이 '꽃의 조락'과 결부된 비유적 형상화로 나타나기도 한다. 특히 죽음에 대한 그의 애도 반응이 비탄으로만 귀결되지 않고 소멸과 생성, 삶과 존재의 근원을 성찰하는 데까지 나아가고 있다는 점이 주목된다.

　죽음 또는 소멸에 대한 이태수 시인의 이 같은 사유는 그의 시의 무게중심을 더욱 의미심장하게 떠받쳐 주고 있으며, 참살이의 행복만을 강조하는 이 시대에 소중한 깨우침으로 다가온다. 한 지인知人의 죽음과 관련된 시인의 마음에서도 그 깨우침은 그윽한 여운을 거느리며 다가온다.

　　그와 영영 헤어지고 돌아오는 길,
　　며칠 전 유난히 환하던 얼굴이
　　차창에 어른거린다

　　병마로 한동안 고전하긴 해도
　　그 그늘에서는 완전히 벗어났다고
　　좋아하던 모습도 눈에 선하다

그저께 돌연 세상을 뜨고
오늘 흙으로 돌아가고 있으니
이승과 저승은 지척간이지 않은가
한 치 앞도 모르고 사는 것이
세상 길인 줄 알고 있지만

그와 이별은 어처구니없을 뿐
며칠 전의 언약이 자꾸만 떠올라
허공에 뜬 구름을 올려다본다

그가 일깨워 주듯이
삶과 죽음은 동전의 양면 같고
언제 뒤집힐지도 모르지 않은가

            ―「만남과 이별」 전문

  시인은 '그'라는 한 지인의 죽음을 통해 사별의 안타
까움을 토로하고 있다. 그 지인은 "병마로 한동안 고전"
을 해온 사람이다. 하지만 며칠 전만 해도 병의 그늘에
서 해방되었다고 "유난히 환하던 얼굴"을 하고 있었는
데, 뜻밖에 죽음을 맞이하게 돼 시인의 마음을 더욱 아
프게 한다. 특히 시인의 눈빛이 지향되는 '차창'은 하나
의 스크린이 되어 떠나간 지인의 모습을 "눈에 선하"게

계속 떠올린다. 하지만 저 망각의 강을 건너간 사자死者가 어찌 다시 돌아올 수 있겠는가.

　죽은 자가 아무리 애원해도 "사람들은 와서 가고 가서는/영영 돌아오지 않는다"(「봄 뜨락」)는 것은 엄연한 자연의 섭리이며, "원래 생성의 전제는 소멸"(「일장춘몽一場春夢」)인 것이다. 여기서 시인은 하나의 소중한 진리를 깨닫는다. 그것은 "삶과 죽음은 동전의 양면 같고/언제 뒤집힐지도 모르지 않은가"라는 사실이다. 그렇다. 삶과 죽음은 같은 근원에 뿌리를 두고 있지만 그 지각된 현상이 다를 뿐이다. 그래서 시인은 죽음의 그늘이 드리운 인생의 길목에서도 빛을 꿈꾸며 봄을 예찬한다.

　　햇살이 막 피어나는 봄꽃들에게
　　아름답다고 따스한 찬사를 보낸다
　　그대가 나를 있게 해 주고 있다고
　　봄꽃들이 온몸으로 화답을 한다

　　봄꽃들이 햇살에게
　　햇살이 봄꽃들에게

　　겨우내 함께 새봄을 기다렸다고
　　인동의 길을 새기며 서로 다독인다
　　은밀하게 말 없는 말을 주고받는다

저들의 찬사도 화답도 포근하다

　　　　　　　　　　　　　　　　　―「찬사와 화답」 전문

　봄이 오는 길목에서 시인의 의식은 '햇살'과 '봄꽃'에
가닿아 머문다. 시인이 응시하는 이 두 대상은 서로 "아
름답다고 따스한 찬사"를 보내거나 "그대가 나를 있게
해 주고 있다고" 화답한다. 겨우내 죽음의 손아귀에 갇
혀있던 이 자연물들은 "함께 새봄을 기다렸다고/인동
의 길을 새기며 서로 다독"여 준다. 겨울은 죽음만이 아
니라 새봄도 그 품속에 함께 껴안고 있음을 그들은 잘
알고 있다. 그 물상들이 "은밀하게 말 없는 말을 주고받
는" 대화의 심층을 시인이 어찌 통찰하지 못하겠는가.
시인은 서로 포근히 나누는 찬사와 화답이 존재의 생기
를 북돋아 주며 "인동의 길" 뒤에 자연의 아름다운 축복
이 있음을 간파하고 있다.
　죽음과 소멸의 엄혹한 시간이 깊어갈수록 시인은
"애타게 새봄을 기다리"(「새봄을 기다리며」)거나 "밤낮으로
새봄을 꿈꾸어온"(「눈새기꽃」) 것이다. 앞서 언급했듯이,
이태수 시인은 자신의 시에서 '숲, 꽃, 물, 풀잎……' 등
의 자연 심상을 통해 삶과 존재를 성찰하는 전략을 빈
번하게 구사한다. 특히 정적인 식물 심상만이 아니라
"멀리 바라보며 비상하는 새들을 따라/닫혀 있었던 마
음을 풀어놓는다"(「옥빛 속으로」)에서 보듯 동적인 심상을

통해서도 존재의 비상과 새로운 생성을 꿈꾼다. 그러
므로 소멸과 생성은 서로 대척점에 있는 것처럼 보이나
변증법적으로 융합되고 지양돼 부활의 세계로 나가고
있다.

벚꽃들이 우수수 지고 있다
벚나무 아래 서서 꽃비를 맞다가
같은 꽃비인데도 왜 지난해처럼
슬프기보다 그 반대 느낌이 드는지

지는 벚꽃들이 왜 더 아름다워 보이는지
우두커니 앉아서 생각해 본다
오늘이 부활절이기 때문일까
벚나무 바로 옆 산딸나무에도
연초록빛 잎들이 돋아날 듯 생기가 돈다

그저께 세상을 두고 간 그 사람은
저승 가서 부활했다고 꽃비가
속삭이는 것 같아 귀 기울인다
꽃비가 내 가슴에도 내린다

—「꽃비」 전문

어느 봄날, 시인은 "벚꽃들이 우수수 지고 있"는 곳에서 '꽃비'를 맞는다. 그런데 그 꽃비를 맞는 시인의 인식이 '지난해'와 달라져 있다. 이에 대해 시인은 지난해와 동일한 꽃비인데도 "슬프기보다 그 반대 느낌이 드는지//지는 벚꽃들이 왜 더 아름다워 보이는지" 생각해 본다. 그 이유는 어렵지 않게 짐작된다. 바로 "오늘이 부활절이기 때문"이다.

부활은 기독교 신앙의 핵심 사상이다. '부활이 없다면 우리의 믿음도 헛된 것'이라는 성聖 파울로의 말처럼 그리스도교 신앙에서는 인간이 죽음으로 끝나는 것이 아니라 눈부신 영체靈體로 부활한다는 것을 진리로 믿고 있다. 건실한 가톨릭 신자인 이태수 시인이 어찌 이 부활을 믿지 않겠는가. 이 부활이야말로 소멸과 생성이라는 양극兩極이 서로 하나로 융합돼 더 높은 존재 차원으로 승화된 것이다. 그것은 육肉의 죽음에서 벗어나 영광스러운 영체로 다시 태어남을 뜻한다. 그러므로 부활의 빛은 소멸과 생성의 변증법적 관계를 극명하게 보여준다.

하지만 이런 부활의 의미를 이태수 시인은 결코 종교적 도그마로만 시화詩化하지 않는다. 그는 오히려 "벚나무 바로 옆 산딸나무에도/연초록빛 잎들이 돋아날 듯 생기가 돈다"에서 느껴지듯 부활의 의미를 싱그러운 자연 심상으로 스케치해 묘사한다. 죽은 자에 대한 부활 의식은 무거운 주제로 인식된다. 그러나 이것을 시인은

"그저께 세상을 두고 간 그 사람"이 '꽃비'가 내리는 것에 비유함으로써 서정시 본래의 미학적 전략으로 아름답게 형상화한다.

　시인은 서정시의 본성을 충실하게 발효시키면서 존재 성찰이라는 자신의 시세계에 버무려 천연의 색채로 펼쳐 놓는다. 결국 생성과 소멸은 부활의 지고至高한 지평에서 모두 유기체처럼 일체화되어 찬연한 '꽃'으로 피어난다. 그래서 죽은 자의 부활은 하나의 관념이 아니라 시인의 현재적 삶 속에서 생생하게 체험되고 있다. 이 사실을 시인은 인용된 시에서 인상 깊은 형상화의 방식으로 토로한다. "꽃비가 내 가슴에도 내린다"라고.

　삶과 존재 문제에 대해 깊고 그윽한 사유와 관조적 인식으로 성찰해 보이는 이태수 시인의 이 열아홉 번째 시집은 서정시의 정념을 뛰어넘어 생철학의 영역으로까지 나아간다. 흔들리는 실존과 생의 불꽃이 명멸하는 이 지점에서 시인은 삶의 다양한 울림에 귀 기울이며 본연의 존재 가능성을 부단히 추구하고 열어나간다. 세계와 길 위에 노정된 고단한 시간과도 부딪치면서 지속적으로 근원적인 자아를 찾아 나서는 꿈에 불을 지피고 있기 때문이다. 이 여정에서는 또한 자연을 매개로 삶의 활력을 되찾으려 하며, 삶과 죽음이라는 양극을 끌어안고 부활의 눈부신 지평에서 변증법적으로 융합하려는 시도를 감동적으로 펼쳐 보인다.

이 태 수 시인

　　1947년 경북 의성에서 출생, 1974년《현대문학》을 통해 등단
했다. 시집『그림자의 그늘』(1979, 심상사),『우울한 비상의 꿈』(1982,
문학과지성사),『물속의 푸른 방』(1986, 문학과지성사),『안 보이는 너의
손바닥 위에』(1990, 문학과지성사),『꿈속의 사닥다리』(1993, 문학과지성
사),『그의 집은 둥글다』(1995, 문학과지성사),『안동 시편』(1997, 문학과
지성사),『내 마음의 풍란』(1999, 문학과지성사),『이슬방울 또는 얼음
꽃』(2004, 문학과지성사),『회화나무 그늘』(2008, 문학과지성사),『침묵의
푸른 이랑』(2012, 민음사),『침묵의 결』(2014, 문학과지성사),『따뜻한 적
막』(2016, 문학세계사),『거울이 나를 본다』(2018, 문학세계사),『내가 나
에게』(2019, 문학세계사),『유리창 이쪽』(2020, 문학세계사),『꿈꾸는 나
라로』(2021, 문학세계사),『담박하게 정갈하게』(2022, 문학세계사), 시선
집『먼 불빛』(2018, 문학세계사), 육필시집『유등 연지』(2012, 지식을 만
드는 지식), 시론집『여성시의 표정』(2016, 그루),『대구 현대시의 지
형도』(2016, 만인사),『성찰과 동경』(2017, 그루),『응시와 관조』(2019, 그
루),『현실과 초월』(2021, 그루) 등을 냈다. 대구시문화상(1986), 동서
문학상(1996), 한국가톨릭문학상(2000), 천상병시문학상(2005), 대
구예술대상(2008), 상화시인상(2020), 한국시인협회상(2021)을 수상
했으며, 매일신문 논설주간, 대구한의대 겸임교수, 대구시인협
회 회장, 한국신문방송편집인협회 부회장 등을 지냈다.

## 나를 찾아가다
이태수 시집

발행일
초판 1쇄   2022년 9월 16일
　　2쇄   2023년 2월 17일

지은이　　　● 이태수
펴낸이　　　● 김종해
펴낸곳　　　● 문학세계사
출판등록　　● 1979. 5. 16. 제21-108호

주소　　　　● 서울시 마포구 신수로 59-1(04087)
대표전화　　● 02-702-1800
팩스　　　　● 02-702-0084
이메일　　　● mail@msp21.co.kr
홈페이지　　● www.msp21.co.kr

ISBN 978-89-7075-442-0　03810